옹달샘에 던져보는
작은 질문들

옹달샘에 던져보는
작은 질문들

박영신 쓰고   정유진 그림

프로방스

서시

네 번째 질문

거울 앞에서

다섯 번째 질문

영원한 화두, 시간

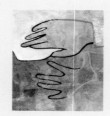

여섯 번째 질문

대화하는 친구, 자연

일곱 번째 질문

하늘에 쓰는 편지

에필로그

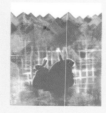

첫 번째 질문

세상을 살아가며

삶의 희망은 어디로 갔나

사람들이 무수히 오가는 시장 건널목 입구에
털퍼덕 주저앉아

조개 까는 아줌마
삶의 희망 까는 아줌마

　　　알맹이 없는 빈껍데기 조개
　　　삶의 희망은 어디로 갔나?

이제 한숨 따윈 잊었다.
종이컵에 담긴 커피 한 잔의 여유

　　　그리곤 무념무상 또 조개를 깐다.
　　　삶의 희망을 찾아서

신호등은 순식간에 또 바뀌고
왁자지껄 사람들이 쫘악 빠져나가는 건널목

아무도 조개에 눈길 한 번 주지 않아도
조개 까는 손은 쉼이 없다.

조개 담아 줄 까만색 봉지
주인 못 찾고 옆에서 너풀거리며

바람처럼
친구처럼

알맹이 없는 빈껍데기 조개 까는 아줌마의
텅 빈 마음을 다독인다.

바람개비 놀이하던 아이들은 어디 갔을까

긴긴 겨울 지나 입춘이 지난 지 언제인데
아직도 길가 한 모퉁이에는 봄날이 오지 않았다.
영원히 오지 않을 손님처럼

싸늘한 콘크리트 시멘트 바닥
담요 깔고 앉아서
그래도 등을 기댈 담벼락이 있어 다행이다.

등을 타고 내려오는 냉기
두꺼운 점퍼를 겹겹이 겹쳐 있고
그래도 쬘 수 있는 볕이 있어 다행이다.

따사로운 볕 속에서도 시려지는 손끝
꼬부라지는 손가락 끝으로
그래도 집어 먹을 수 있는 김밥이 있어 다행이다.

꾸역꾸역 삼켜 넣는 까만 봉지 속 김밥
물 한 모금 없이도 소화 시키며
그래도 타들어 가는 몸을 유지할 수 있어 다행이다.

시멘트 바닥 한 편에는 잡동사니 물건들이 쓰레기처럼 흩어져 있다.
어떤 아이들도 사지 않을 것 같은 형형색색의 싸구려 장난감들
그래도 먼지와 함께 하얗게 질려 하염없이 주인을 기다린다.

그중에는 알록달록 바람개비도 있다.
추위에 몸이 곱은 저 노점상 할머니도 어릴 땐 바람개비 들고 뛰었겠지.
동네방네 즐겁게 함께 뛰던 친구들은 다 어디로 갔을까?

　　　　색종이가 아니라 플라스틱 바람개비라
　　　　모질게 지금까지 바람을 맞아 왔나.
　　　　두꺼워진 손등 위로 스쳐 가는 거친 시간의 흔적들

　　　　시간은 수레를 타고
　　　　오늘도 저녁이 되면 저 손수레 위에
　　　　고단했던 하루를 주섬주섬 담아내겠지.

삶의 고단함을 온몸으로 받아내는 힘없는 바람개비 되어
어디에서 와서 어디로 가는지 알 수 없는 바람을 타고
흔들리는 불씨 같은 거리에서 오늘도 시간은 햇볕을 받으며
그리움을 태운다.

"개가 돈 줘요?"

"우리 집 강아지는 참 신통해."
"뭐가?"

　　　"내가 집안에 들어가면 꼬리를 흔들며 쫓아 오지."
　　　"그래도 개는 개지."

"아니야, 얼마나 반갑게 쫓아 오는지… 자식보다 낫다니까."
"자식도 자식 나름이지."

　　　"아니야, 어떤 자식보다 나아."
　　　"개가 돈 줘요?"

"돈은 안 줘도 자식보다 낫고말고."
"나 원 참~, 개가 돈 주나?"

　　　"돈이면 다인가?"
　　　"이 양반이… 돈 없이 살 수 있나?"

삼삼오오 70대 할아버지들이 모여 앉은 공원 벤치
헛헛한 목소리로 메어가는 대낮의 심심함.

뜬금없이 터진 질문
"개가 돈 줘요?"

        오늘따라 뱅글뱅글 도는 듯한
        공원의 원형 트랙

공원 벤치 옆 동네 아줌마 철렁이는 뱃살 위
비틀대는 훌라후프처럼 아찔하다.

        "나 원 참~, 개가 돈 주나?"
        으르렁거리는 불도그보다 전투적으로 내지르는 고함

400m 원형 트랙의 공간이 부족하여
온 지구를 짜증스럽게 뒤덮었다.

「운명 교향곡」선율보다 단호한 이야기들

"몇 살 이유?"
"82살 이유~"

"아직 젊네. 한창때네."
"댁은 몇 살 이유?"

"87살 이유~ 한 해 한 해가 달라."
"슈퍼 지하에 아들하고 같이 사는 할매는 요즘 나오지 않네.
어디 아픈가?"

"나이가 몇 살인디?"
"나이가 적고 많은 게 무슨 상관이야, 가려면…"

"하긴 억지로는 못 가지. 죽을 팔자라야 가는 거여!"
"자다가 죽기라도 하면 좋지."

"맛있는 마늘은 샀수?"
"아직 안 샀지."

"마늘 사야지."
"돈이 없지, 마늘이 없겠수?"

"딸네하고 같이 김치 두 통 했는데, 아직 남아 있어."
"요즘 누가 김치를 얼마나 먹나?"

"김치는 먹을 고비가 있어, 지나면 맛없지."
"지져 먹는 것보다 한쪽씩 물에 잠깐 담가서 찢어 먹어도 맛있지."

"딸네 김치 해 줬어?"
"나이 먹으면 내 몸뚱아리도 귀찮은 거여!"

"날이 흐려."
"날이 흐리니까 시원하지."

"오늘은 해도 없고, 온몸이 다 찌뿌둥하네."
"해가 없으니까 시원한 거여."

"3층 여자는 60살 넘었는데, 직장 잘 구했뎌."
"뭐 한디?"

"점심 한 그릇 얻어먹고, 빨래 개어 넣고, 청소하고."
"돈은 얼마나 받는뎌?"

"돈은 얼마 못 받는 것 같은디···"
"일이 힘들면 돈도 많고, 일이 쉬우면 돈도 적은 거여!"

공원 벤치에 쪼그리고 앉은 꼬부랑 할머니들
집안에서만 입던 몸뻬도 이제는 부끄럽지 않은 당당한 외출복

산전수전 다 겪어본 인생
베토벤「운명 교향곡」선율보다 단호한 이야기 잔치

"나중에"

"나중에 한번 보자"라고 말하며 전화를 끊었다.
그래서 한번 볼 날을 기대했다.
그러나 한번 볼 날이 없었다.

"나중에 한번 연락하겠다"라고 했다.
그래서 한번 연락 올 날을 기다렸다.
그러나 한번 연락 오지 않았다.

"나중에 한번 찾아뵙겠다"라고 말했다.
그래서 한번 찾아올 날을 기다렸다.
그러나 한번 찾아오는 날이 없었다.

"나중에 한번 식사 대접하겠다"라고 했다.
그래서 한번 식사할 날을 기대했다.
그러나 한번 식사할 날이 없었다.

그러다 우연히 다시 만나게 되었다.
그래서 손을 덥석 잡으며 반가워했다.
그러나 해탈한 승려같이 모든 것을 잊은 표정이었다!

그렇게 "나중에"는 없었다.
형식적인 말만 있었을 뿐
듣기 좋은 인사치레만 있었을 뿐
분명한 이용 가치만 있었을 뿐
치밀한 이해관계만 있었을 뿐

그렇게 "나중에"는 없었다.
오로지 "지금"만 있을 뿐

말을 할까

하고 싶은 말을 다 하는 것이
좋은 것만은 아니었다.
솔직하다는 가치만 있는 것이 아니라
남을 배려하지 못하는 것이기도 했다.

　　　하고 싶은 말을 다 했을 때
　　　부작용도 생겼다.
　　　내 속은 후련해도
　　　남의 속은 뒤집히기도 했다.

하고 싶은 말을 다 한다고
일이 잘 해결되는 것이 아니었다.
나는 좋은 마음으로 말해도
남에게는 도움이 되지 않기도 했다.

듣고 싶어 하는 말을 해 주는 것이
좋은 것만은 아니었다.
마음을 편안하게 해 주기는 해도
내적 성장에 기여하지 못했다.

　　　듣고 싶어 하는 말을 했을 때
　　　부작용도 생겼다.
　　　인간관계는 가까워져도
　　　자신을 정확하게 바라보는 눈이 멀어졌다.

듣고 싶어 하는 말을 해 준다고
일이 잘 해결되는 것이 아니었다.
허풍선이 칭찬의 착각 속에
부실을 키울 수도 있었다.

하고 싶은 말도 할 필요가 없고
듣고 싶어 하는 말도 할 필요가 없다.
준비된 사람에게
준비된 만큼만 말하면 된다.

말은 필요 없는 것이다.
알 사람은 말하지 않아도 알고
모를 사람은 말해 주어도 모른다.
자기가 준비된 만큼만 안다.

준비된 만큼만 보인다.
준비된 만큼만 들린다.
준비된 만큼만 느낀다.
준비된 만큼만 깨닫는다.

신발이 헐렁한 이유

더운 여름 사이로
산들산들 바람 부는 밤

조명등 아래 풋살 운동장에서
축구를 시작하는 아빠와 아들

"신발이 너무 헐렁해."
온 힘을 다해 공을 차며, 아들이 소리쳤다.

"신발 끈을 꽉 잡아매었어야지."
공을 받아 차며, 즉각 아빠가 답했다.

"신발 끈이 문제가 아니라, 신이 너무 크단 말이야."
되받아친 축구공과 함께, 허공에 날아가는 아들의 신발

축구공만 응시하던 아버지의 눈동자
날아가는 신발을 보며 방향을 잃다.

자유의 무게

긴 여행길
하나하나 늘어가는 짐
이것은 이래서
저것은 저래서
사기도 하고
챙겨 넣기도 한다.
어깨가 빠질 듯 많아진 짐은
멋진 여행을 무게에 짓눌리게 한다.

긴 인생길
하나하나 늘어가는 짐
이것은 이래서
저것은 저래서
붙잡고, 놓지도 못하고
온통 머리를 뒤덮는다.
심장이 터질 듯 많아진 짐은
귀한 인생을 고통에 짓눌리게 한다.

인생을 누가 고통의 바다라고 했나

인생을
누가 고통의 바다라고 했나?

태어날 때부터 울음을 터뜨리는
갓 태어난 아기는 인생을 하나도 살아보지 않았는데

결혼식에서 부모님 앞에 울음을 터뜨리는
예쁘게 치장한 신부는 사랑하는 신랑과 곧 행복한 신혼여행을 떠나는데

금메달을 따고도 울음을 터뜨리는
금메달리스트는 올림픽에 나가지조차 못한 동료들을 아는데

가까운 사람이 불치병에 걸린 소식에 울음을 터뜨리는
우리는 더불어 즐거웠던 추억을 너무 가볍게 흘날려버리네

소중한 사람이 임종할 때 울음을 터뜨리는
우리도 시한부 인생이라 곧 다시 만날 것을 잠시 잊었네.

어디가 지옥인가

터벅터벅 공원 트랙을 걷고 있는 초로의 아저씨
바짝 뒤따르며 큰 목소리로 전도하는 은혜 충만한 아줌마
교회 홍보지 떠맡기며, 입에 거품을 물고 열정적으로 소개하는 지옥

"교회 다녀야 복도 받고, 죽어서 천국 가고
 그렇지 않으면 나중에, 죽어서 지옥 가요.
 무시무시한 지옥에 가면 견딜 수 없는 고통에 끝없이 시달려요."

터덜터덜 걸어가며 한참을 골똘히 듣던 아저씨
삶에 지쳐 두터워진, 아무런 표정 없는 구릿빛 얼굴 틈새
차라리 영원히 감고 싶은 눈을 껌뻑껌뻑하면서

"살아있는 것이 지옥인데요…?"
"예?"
"지금 여기가 지옥인데요…?"

"얼떨떨"

어리둥절한 표정으로 신도가 말했다.
"나에게 이런 일이 있다니
 얼떨떨합니다."

눈이 깊고 그윽한 사제가 답했다.
"얼떨떨하게 살다가
 얼떨떨하게 가는 것이 인생이지요."

껍데기와 알맹이

왜 쩍쩍 금이 가는가

오래된 동네에 살다 보니
도로도 오래되어 쩍쩍 금이 갔다.

어느 날 골목길이 어수선해서 보았더니
금이 간 도로 위로 아스콘을 붓고 도로 공사를 하고 있었다.

깨어진 노면을 절삭 하지 않고
기존 도로 바닥 위에 아스콘만 덧씌워졌다.

얼마나 빨리빨리 했는지
눈 깜짝할 사이, 골목길은 금방 새길이 되었다.

산뜻한 기분도 잠시,
얼마 되지 않았는데 도로가 또다시 금 가기 시작했다.

원래 금이 갔던 형태 그대로
쩍쩍 갈라지고 있었다.

어디가 아픈가

엎드려 바닥 청소를 하며
이 구석 저 구석 먼지를 닦다가

갑자기 발등이 찌릿찌릿 감전되듯 저렸다.
발등을 다친 것도 아닌데

'발등의 근육이나 신경이 아프구나.'
즉각 알아채었다.

　　나이가 들어가니
　　시도 때도 없이 여기저기 몸이 반란군처럼 쑤신다.

발등이 불편하니
걸음걸이가 흐트러졌다.

약국에서 파스를 사다가
발등 위에 덕지덕지 붙였다.

'아픈 발등에 파스를 붙였으니
 그럭저럭 시간이 지나면 낫겠지.'

　　나이가 들어가니
　　다독다독 몸과 마음을 다스리는 여유도 알아갔다.

건강 전문가를 만났을 때
"이유 없이, 발등이 계속 저리다"고 호소했다.

뜻밖의 답변은
보이지도 않는 엉덩이뼈 근처 신경 다발이 문제라고 했다.

성능 좋은 파스를 온통 붙여 둔
아픈 발등이 문제가 아니었다.

　　뿌리는
　　전혀 다른 곳에 있었다.

무엇을 잊었나

바쁘게 여기저기 다니다 보니
어느새 승용차 기름은 바닥까지 내려가서 경고등이 켜지기 일보 직전.

'급하게 외출할 때 기름이 부족해서 주유소까지 들르느라
 허둥지둥하기보다
 시간 있을 때 미리미리 주유소에 가서 기름을 채워 넣어야지.'

'주유소 가기 전에
 오랜만에 실내외 세차를 하고 먼지도 청소하면 좋겠네.'

'주유소에서 기름을 넣은 뒤에
 슈퍼마켓에서 필요한 생필품을 장 보아도 좋겠다.'

먼저 세차장에 들렀다가
주유소에 갔다가, 슈퍼마켓까지 갔다 오면

기왕에 나가는 길
효율적인 동선, 만족스러운 시간 관리.

세차장에 가서, 구석구석 빈틈없이 하는 세차
청정지역 해변에 앉은 듯 산뜻한 운전석

즐거운 이야기에 푹 빠져, 한참을 운전해 가서 보니 슈퍼마켓 대형 주차장
아뿔싸, 중간에 주유소를 들르지 않고

'내가 오늘 왜 집에서 나왔나?'
주유소에 가서 승용차에 기름을 넣기 위해

주유소를 가는 길에, 먼저 세차장을 가고,
나중에 슈퍼마켓도 가려 했는데
세차하고 나서, 주유소는 지나치고, 슈퍼마켓에 도착하다니

어디 이뿐이랴? 내 삶의 시간 구석구석
부수적인 일에 쫓기다, 주목적을 잊어버린 경우가

주변만 헤아리다, 중심을 잊어버리고
껍데기만 남고, 본질을 잃어버린 나날들

알맹이는 어디로 갔을까

회의에 참석했다.
가고 오는 시간도 엄청나게 걸렸다. 회의 자료도 매우 두툼했다.
그런데 알맹이가 없었다.

대화를 했다.
오랜만에 만나서 무척 반가웠다. 이런저런 즐거운 이야기꽃을 피웠다.
그런데 알맹이가 없었다.

강의를 했다.
정해진 강의 시간이 훨씬 지나도록 했다. 목이 잠기도록 열심히 했다.
그런데 알맹이가 없었다.

공부를 했다.
반세기가 훌쩍 넘도록 학교를 떠나지 않았다. 논문도 책도 많이 썼다.
그런데 알맹이가 없었다.

알맹이야, 알맹이야
어디 어디 숨었니?
보고 싶은 알맹이야.

손가락은 손가락

부주의로 가시에 찔린 손가락 끝
큰 가시는 뺏는데, 살에 콕 박혀 따끔거리는 작은 가시

인터넷에서 「가시 빼는 법」을 찾아보고는
꿀도 발라보고, 미지근한 물에도 담그고, 베이킹소다에도 싸놓고

온갖 방법에도 빠지지 않는 작은 가시
몇 날 며칠 가시에 시달리고 나서야 생각하게 된 손가락의 소중함

팔과 손에 붙어 있는 부속물 정도로 여기던 손가락
머리가 생각하는 대로 컴퓨터 자판 위에서 움직이는 줄 알았던 손가락

손가락은 팔과 손의 하수인도 아니요
손가락은 머리의 노예도 아니요

손가락이 파업하고 나서야 알게 된
손가락은 손가락

가끔은 단수가 되어도 좋다

저녁나절 아파트 스피커 공지: "내일은 물탱크 청소로 단수가 됩니다."
물 받아야겠다는 생각만 스쳤고, 물 받아 놓기를 잊었다.

아침에 일어나, 양치하기 위해 들어간 화장실
컵을 대고 화장실 수도꼭지를 눌렀는데, 나오지 않는 물

"앗, 오늘 단수된다고 했었지."
양치하지 못해, 텁텁한 입.

점심까지 한참 일하고 나니, 출출해져 오는 배
쫄면을 끓여 먹으려고 싱크대 수도꼭지를 눌렀는데, 나오지 않는 물

"앗, 오늘 단수된다고 했었지."
쫄면을 끓여 먹지 못하고, 꼬르륵 소리 나는 배.

저녁에 실내가 건조해서 보니, 물이 다 없어져 전원이 꺼져 있는 가습기
습관적으로 가습기 통을 뽑아 가서 수도꼭지를 눌렀는데,
나오지 않는 물

"앗, 오늘 단수된다고 했었지."
가습기 통에 물을 넣지 못하고, 조여 오는 얼굴 피부.

양치하고, 쫄면 끓여 먹고, 가습기 통에 물 넣고…
하루 종일 물을 사용하면서도

수도꼭지만 누르면 자동으로 콸콸 나오는 것이 당연한 듯
한 번도 제대로 생각해 본 적 없는 물.

이미 물은 존재하고 있었는데,
단수된 뒤에야 인식하게 되는 물의 존재

이미 물은 고마운 역할을 하고 있었는데,
단수된 뒤에야 인식하게 되는 물의 고마움

가끔은 단수가 되어도 좋다.
물을 사용하면서도 물을 잊은 나에게

가끔은 단수가 되어도 좋다.
있는 것을 있는 그대로 보기 위해

가끔은 단수가 되어도 좋다.
고마움을 고마워하기 위해

나 혼자 할 수 있는 것은

1997년에 산 세탁기가 얼마나 견고한지, 씌워 줄 만한 왕관 모양 로고
23년이 지났어도 누르기만 하는 켜지는 전원 버튼
물이 급수되고 나면, 세제와 함께 덜거덕덜거덕 돌아가는 세탁기
세탁, 헹굼, 탈수를 끝내면 손가락에 물 한 방울 묻히지 않고 끝나는 빨래.
쪼그리고 앉아 빨래판에 빨래를 비비고 문지르고 할 필요가 없어
그 시간 동안 다른 일을 할 수 있으니
세탁기는 나의 분신

빨래 건조기를 사용한 세상이 신세계라 말하는 사람들
장마철에 몇 날 며칠 눅눅하고 냄새나게 빨래를 말리지 않아도
뽀송뽀송하게 말라 나오는 건조의 세계
빨래 먼지까지 쏙 빨아낸 신선한 세계.
건조기 없이 세탁기만 있어도
빨래할 때마다 경험하는 신세계
세탁기가 없다면 빨래의 노예로 살아야 할 수많은 시간들

과학자들이 세탁기의 원리를 연구하고
경영자들이 세탁기 공장을 운영하고
노동자들이 세탁기를 제조하고
사업가들이 세탁기를 판매하고.
헤아릴 수 없이 수많은 사람의 도움으로
내 앞에 수북이 모아놓은 빨래를
단숨에 해결하는 해결사 세탁기

어디 세탁기뿐이랴.
세탁기에 넣은 세제는 어디에서 왔는가?
가루 세제든, 액체 세제든 간에
세제만 넣으면 알아서 빨래가 깨끗해지기까지
얼마나 헤아릴 수 없는 사람들의 노고 덕분인가?
내가 돈 주고 세제를 샀지만
그 돈만으로 내가 다 해결할 수 없는 이 많은 덕분들.

어디 세탁기뿐이랴.
세탁기에 급수된 물은 어디에서 왔는가?
하늘에서 떨어진 비가 정수되어 우리 집 수도관을 타고
세탁기 속에 떨어지기까지
얼마나 헤아릴 수 없는 사람들의 노고 덕분인가?
내가 수도세는 내지만
그 돈만으로 내가 다 해결할 수 없는 이 많은 덕분들.

어디 세탁기뿐이랴.
세탁기 전원 버튼에 연결된 전기는 어디서 왔는가?
수력 발전, 화력 발전, 원자력 발전, 풍력 발전, 무슨 발전이었던 간에
전원 버튼만 누르면 전기가 켜지기까지
얼마나 헤아릴 수 없는 사람들의 노고 덕분인가?
내가 전기세는 내지만
그 돈만으로 내가 다 해결할 수 없는 이 많은 덕분들.

하나가 하나인가

한 사람이라고 똑같은 한 사람이 아니다.
일당백
어떤 사람은 한 사람이 백 사람의 일을 한다.

한 개라고 똑같은 한 개가 아니다.
작고 크고, 가볍고 무겁고, 낮고 높고, 얕고 깊고,
한 개라도 천 가지의 다양함이 있다.

하나의 결과가 하나의 원인에 의한 것이 아니다.
복합적 상호작용
여러 보이지 않는 수많은 원인이 실타래처럼 뒤엉켜 있다.

우리 손이 도자기 같은가

텅 빈 대낮의 놀이터
두 어린이
이리저리 뛰어놀다가
팔 돌리기 운동기구를 마주 보며 한 손씩 붙잡고 돌리다
한 명이 말했다.

"이렇게 빙빙 돌리니까 우리 손이 도자기 만드는 것 같지?"
"응."
"그런데 참 이상하다."
"뭐가?"
"한참 빙빙 도니까 우리 손이 도자기 같네."

내 옆에서 놀던 천진난만한 두 어린이는
밤새도록 잠 못 이루며 생각해도 어려운 문제를
아무렇지도 않은 듯
맑게 던지곤,
홀연히 사라졌다.

우리 손이 도자기를 만드는 것 같은가?
우리 손은 만들어지고 있는 도자기 같은가?
우리가 삶을 사는가?
우리는 주어진 운명을 살아가는가?
주어진 운명 속에서 자신만의 삶을 만들어 가고 있는가?

나도 악기

어제는 눈이 뻑뻑했다.
오늘도 눈이 침침하다.

몸이 마음대로 되지 않는다.
제 마음대로 삐거덕거린다.

몸이 악기와 같다는 성악가
무대 위에서 목청 높여 노래하는

자기 몸 관리에 신경을 많이 쓴단다.
잠도 많이 자고, 음식도 잘 먹고, 독감 예방주사도 맞고, 목에 목도리하고

우리 모두 악기
우리의 몸으로 삶을 노래하는

눈에 눈약을 넣어본다.
오늘 저녁 반찬은 오메가3가 많다는 등 푸른 고등어 조림을 먹어볼까?

"이 연세"는 어떤 연세인가

호모 사피엔스라기보다는 유인원 같은 모습

금방 수긍되지 않는 "이 연세"
그러나 감사한 연세

치아 x-ray라는 과학의 발전 덕분에
보이지 않는 치아 뿌리도 보고

경각심을 갖고 미래를 예측하며 관리할 수 있는 시대를 사는
행운의 연세.

　　　앞으로 내가 살아갈 날 중에
　　　가장 젊고 활기찬 연세.

10년이면 쇠도 녹스는데
60년 이상을 잘 버티어 준 고마운 연세.

　　　아버지, 어머니, 할아버지, 할머니, 증조부모, 고조부모…
　　　대대로 이어온 조상들이 연결된 연세.

수 억만년 인류 역사를 한 몸에 담고 있는
우주 같은 연세.

'변함없이'의 가치

　　　　지게로 물건을 옮기다가
　　　　택배로 물건을 부치다가
　　　　드론으로 물건을 보내는 때가 다가오니

　　　　시대를 이끌어가는 정신, 속도
　　　　모든 것이 빨리 변화되고
　　　　빨리빨리 바뀌는 것이 생존하는 시대

속도 경쟁 속에서
발 빠른 변화만이 살아남는 세상에서
뼛속 깊이 스며드는 「변해야 산다」라는 구호

　　　　어디 세상만이랴.
　　　　내 몸의 세포도 어제의 세포가 오늘의 세포 아니고
　　　　오늘은 새롭게 태어나는 세포

그런 와중에
더 귀하게 느껴지는 변하지 않는 것
성실하고 진실한 삶의 자세

　　　더 고맙게 느껴지는 변하지 않는 것
　　　따뜻한 정이 흐르는 사람 사이
　　　그것이 변하면 고독해지는 우리.

　　　변하는 것이 좋은가?
　　　변하지 않는 것이 좋은가?
　　　간단하고 쉽게 답할 수 없는 질문

때로는 변화하며
때로는 변화하지 않음을 선택하며
그 유연의 경계를 찾는다.

지금 나를 뜨겁게 달구는 것은

나의 존재를 어떻게 설명할 수 있는가?
떠오르는 수많은 답:

    내가 좋아하거나 싫어하는 기호
    내가 잘하거나 못하는 적성과 역량…

나의 신체조건이나 유전적 요소
나의 정신적 가치관과 의미…

        내가 속해 있는 위치와 상황
        내가 하는 일들…

나와 연결되어있는 인간관계 맥락 속에서의 역할
사람들이 보아주는 내 모습…

그렇게
대충 나를 이해 해왔다.

그러나 또 하나가 있었다.
지금 내 마음이 뜨거워지는 그 무엇.

과거의 나
미래의 나

그 모두를 아우르는
지금의 나

지금 나는
지금 나를 뜨겁게 달구는 그 무엇.

나의 심장은

심장:
불과 300g, 그러나 120,000km의 혈관에 피를 돌게 하는 박동
한순간도 쉬지 않고, 분당 70번, 하루에 10만 번의 움직임

질문:
나의 심장은
어디를 향해 뛰고 있는가?

핵심:
나의 심장은
무엇을 위해 뛰고 있는가?

맞이하기 전부터 행복한 날

행복한 날은
특별한 이유가 있는 날.
이래서 행복한 날
저래서 행복한 날
그래서 그날이 행복한 날.

그런데 행복한 날은
맞이하기 전부터 행복한 날.
좋아하는 사람과 만남을 설레며 기다리고
원하는 일들을 희망 가득 기다리며
그래서 기다림의 시간 자체가 행복.

노예인가, 주인인가

끝없이 쫓기는 일
입에 붙어 있는 '바쁘다'라는 말
무엇이 그렇게 바쁜지
나를 집어삼켜 버린 바쁨

무엇에 바빠야 할지 혼동하며
왜 바쁜 것인지 생각할 겨를조차 없으니
나는 현실의 노예인가?
나는 현실의 주인인가?

나를 가만히 놓아두지 않는 현실
닥치는 일만 해결하기에도 경황이 없는 현실
그 현실을 잠시 벗어나는 여유
질 높은 쉼표를 만날 때 찾게 되는 주인

세 번째 질문

알쏭달쏭 마음

살구 맛이 다른가

「당신이 먹는 음식을 진지하게 받아들여라.
 그 음식이 바로 당신의 몸이 될 테니」
- 노박 조코비치 -

식탁 유리 아래에 써넣어 두고, 음식을 먹을 때마다 보는 말.
남자프로테니스협회 세계랭킹 일인자의 말이라서가 아니라
몸이 약해지고 아파보고 나니, 저절로 공감되는 말.

음식과 몸의 관계를 진지하게 받아들이며 지내던 어느 날
무농약으로 자연 재배 한
햇빛 아래 농익은 무공해 살구를 만나

입에서 살살 녹는 설탕 같은 맛에 즐거워지는 혀
노박 조코비치의 말을 보며 먹으니 즐거워지는 눈
감사하며 먹으니 즐거워지는 마음

반을 딱 빠개어 살구씨를 버리고 입에 쏙 넣으며
몇 개를 먹었는지 모를 정도로 재빠르게 움직이는 손.
입속에서 오물오물 솜사탕처럼 달게 녹아 목구멍을 상큼하게 넘는 살구

얼핏 본 남은 살구 반 조각에 콕 박혀 발작적으로 꼬물꼬물하는 움직임
고동색 벌레알들 틈 속에서 뒤틀며 몸부림치는
투명하게 하얗고 쪼글쪼글 주름진 벌레 반 토막

화장실로 뛰어가 꿱꿱 뱉어보는 헛구역질
목구멍을 넘어간 처참한 벌레 반 토막
이산가족 되어, 이미 식도를 거쳐 위를 향해 제 갈 길을 갔고

갑자기 주가 폭락하듯 몸서리쳐지는 살구
벌레 반 토막을 모를 때는 천하에 달콤한 맛
벌레 반 토막을 알게 되니 참을 수 없는 구역질

모든 것은 마음의 문제.
대상 자체 보다
대상을 바라보는 사람의 마음

일체유심조(一切唯心造)
해골의 썩은 물을 달게 마시고, 다음 날 아침에 구역질 난 원효대사.
살구를 먹다가 순식간에 만나다.

단맛인가, 짠맛인가

저녁 무렵, 출출해져 오는 배.
갓 구워 따끈따끈한 크로켓 빵
입에 착착 붙는 단맛
일품요리 크로켓 빵.

자고 일어난, 다음 날 아침.
어제 남겨 냉장고 속에 넣어 두었던 크로켓 빵
화들짝 놀란 짠맛
먹고 싶지 않은 크로켓 빵.

같은 크로켓 빵인 데
전혀 다른 식감.
같은 혀인데
전혀 다른 맛.

같은 사람인데
전혀 다른 느낌.
같은 사람인데
전혀 다른 마음.

무엇이 달라졌는가

산도 정상을 향하는 오르막길이 힘들 듯
초복에서 중복으로 향하는 어느 날
낮에는 38도를 알리는 폭염주의보가 나돌고
아스팔트 길 위에서는 달걀 익을 듯
온몸이 익어가는 더위가 기승을 부렸다.

해가 저문 저녁도 예외는 아니어서
바람도 후끈하고
그나마 후덥지근한 바람마저 끊기면
그냥 숨 쉬는 것만도 헉헉하고
하루 종일 달아오른 몸에서는 밤에마저 열기가 뿜어져 나왔다.

더위를 탓하며 샤워를 하니
겨울에는 얼음 같던 찬물이
미지근하게 데운 물 같아도
그나마 샤워를 하고 욕실을 나오는 순간
끈끈하던 더위는 날아가고 온몸이 산뜻하다.

욕실에 샤워하러 들어갈 때와
욕실에서 샤워하고 나올 때
그 짧은 시간에 우리 집안 공기가 달라진 것이 아닌데
짜증스럽게 달아오르던 공기는 상쾌하게 신선한 공기 같다.
단지 달라진 것은 내 몸의 온도일 뿐인데

앉고 싶은가, 서고 싶은가

지하철이 도착하자
우르르 한 무리가 짐짝처럼 무더기로 내려지고
줄을 잘 서 있던 한 무리가
우르르 떠밀려가며 탔다.

잘 서 있던 줄은 한순간에 헝클어지며
지하철 속으로 쏟아져 들어갔다.
모두 날렵하리만큼 잽싸게 탔다.
지하철 떠나기 전에

빈자리를 낚아채려고
재빠르게 휘둘러보아도 빈자리는 없다.
더 재빠른 사람들이 이미 얼마 없던 빈자리를 차지하였다.
그래서 앉아 가는 사람, 서서 가는 사람이 생겼다.

손잡이를 잡으며 내가 설 위치를 잡았다.
갑자기 눈이 마주친 젊은이가 벌떡 일어나며
"여기 앉으세요."
선한 미소를 띠며 말했다.

한 무리가 타서, 한 무리가 서 있는데, 그 한 무리 중에
분명히 내 눈을 마주치며 말하는 것이 아닌가.
'참 예의 바른 젊은이구나.' 고마워하면서도
'나는 아직 자리 양보 안 받아도 되는데…' 민망해하며 앉았다.

눈을 동그랗게 뜨고, 없는 자리를 찾을 때는 언제이고
불과 몇 초 만에
횡재 맞은 로또처럼 자리를 양보해 주는데
감사만 순수하게 느끼지 못하고 쓸데없는 잡념이 복잡하다.

저녁 시간 귀가하는 지하철에서
내 앞에 앉아 있던 얼굴 주름 자글자글한 할머니
나에게 하는 말
"저 뒤에 빈자리 있으니 앉으시오."

휙 뒤를 돌아보니 덩그렇게 비어있는 한 자리
할머니의 친절에 감사하며 뒤에 가서 털퍼덕 앉아
정겨운 눈빛으로 마주 보게 된 할머니
성긴 이빨 사이, 쉭쉭 바람 새는 말투로 하시는 말씀

"내가 자리를 비켜주고 싶지만, 무릎이 안 좋아서…"
멀쩡한 귀를 의심하고 싶게 만드는 할머니의 과잉 친절
아까 자리 비켜주었던 젊은이보다 더욱 충격적인 친절
마음은 갈피를 잡지 못하고 찰나 사이를 요동쳤다.

지하철을 무료로 타면

지하철을 처음 무료로 타는 날
'어? 지하철을 무료로 타네.'
얼떨떨하리라.
난생처음 서울역에 상경하여 지하철 입구를 찾는 시골 노인처럼

지하철을 또 무료로 타면서
'아직은 나도 지하철 요금을 낼 수 있는데…'
민망해지겠지.
사람대접 못 받는 투명인간 마냥

지하철을 계속 무료로 타게 되면
'이제 지하철은 무료로 타는 것이지'
무덤덤해질 것이다.
아무 감흥 없는 기계처럼

무릎관절에 고관절 까지 아파 지하철을 못 타게 되었을 때
'지하철 타고 다닐 때가 좋았지'
안타까움이 엄습하리라.
돌아갈 수 없는 강을 건넌 것처럼

지하철을 무료로 타기 전에는
'여기저기 무료로 다닐 수 있으니 좋겠네.'
그렇게 간단히 생각했다.
인생을 다 아는 듯했던 나의 젊은 시절처럼

지하철을 무료로 타면 좋을 줄만 알았는데
무료가 좋은 것만은 아니고
무료는 존재감과 당당함에 도움이 되지 않고
무료(無料)는 무료(無聊)함을 낳을 수 있어.

얼떨떨하다가
민망하다가
무덤덤하다가
안타까워 지리니

지하철 유료(有料)로 타는 인생
지금도 충분히 좋은 것.
무료는 무료라 좋다면
유료는 유료라 좋다.

지나고 나면

깜깜한 밤 공원에서 운동하다 들어간 공중화장실
좌변기에 앉으려는 순간, 옆 칸 화장실 문을 열고 들어가는 인기척

깊은 한숨 소리. 저절로 토끼처럼 쫑긋하게 되는 귀
한숨 아닌 억누른 흐느낌. 괜히 송구스러워 변기 물 내리기조차
조심스러워

조용히 화장실 문을 열고, 소리를 훔친 도둑 걸음으로 나오는데
숨 막히듯 옆 칸 화장실에서 터지는 울음

못 들은 것처럼 황급히 화장실을 빠져나오는 민망한 발걸음
함부로 방해할 수 없는 한 맺힌 오열

무엇이 그렇게 호흡을 정지시키듯 슬프게 했을까?
무엇이 공원의 공중화장실 안에서 홀로 울게 했을까?

슬픔은 슬픔인 것이다.
아픔은 아픔인 것이다.

고통은 고통인 것이다.
울음은 울음인 것이다.

고독은 고독인 것이다.
절망은 절망인 것이다.

지나고 나면 과거인 것을
지나고 나면 과정인 것을

지나고 나면 다행인 것을
지나고 나면 감사인 것을

지나고 나면 추억인 것을
지나고 나면 성장인 것을

슬픔이여 가라.
기쁨을 노래하며

아픔이여 가라.
치유의 숲에서

고통이여 가라.
감사의 마음으로

울음이여 가라.
웃음을 되찾고

고독이여 가라.
함께 하리니

절망이여 가라.
희망을 찾아

누구와의 싸움

억울한 일을 당했을 때,
아무리 소명해도 힘 가진 자가 들어주지 않을 때,
억울함에 억울함이 쌓여 마음을 지탱하지 못하고 허물어질 때,

오만한 태도로 괴롭히는 무소불위 권력자와의 싸움이라기보다,
모든 것이 깜깜하고 끝없는 터널 속에 주저앉게 되는
자기 마음과 맞서는 싸움.

안 보이면

안 보이면 안 보이는 대로 살자.
안 보이는 것을 억지로 보려고 하니
눈만 아픈 것이 아니라
머리도 아프고
마음 까지 아프다.

고도근시에 노안이 왔는데 난시까지 겹치니
승용차가 있어도 밤 운전이 어렵고
밤낮으로 날파리증까지 괴롭히니
뭐가 뭔지 어지럽다.
돋보기를 껴도 안 보이는 컴퓨터 화면

안 보이면 안 보이는 대로 살자.
이러다 눈이 안 보이면 어떻게 하나? 현재 닥치지도 않은 일을
앞당겨 불안하고 두려워할 것이 아니라
오늘 내가 할 수 있는 일에 집중하며
뿌옇게라도 보이는 지금을 감사하며 마음껏 누리자.

안 보이는데 어떻게 해서든 보려는 발버둥이
안경도 만들었고
콘택트렌즈도 개발했고
라식수술까지 발전시켰지만
마음의 눈까지 밝히진 못했다.

안 보이면 안 보이는 대로 살자.
눈이 뿌옇게 된다고
마음 까지 흐릿해지는 것이 아닌데
절망하는 마음이 더 큰 적이요
친구 삼으면 그대로 살만한 것.

안경알 도수 높인다고 보이는 것 아니고
백내장 걷어낸다고 녹내장 예방되는 것 아니며
각막이 긁히고 망막에 구멍 나도
꿰뚫어 볼 수 있는
마음의 눈 있으니

안 보이면 안 보이는 대로 살자.
눈으로 보느라 바빠
마음으로 보지 못했던 것들
더없이 귀하고 아름다운 것들
따스한 눈빛으로 바라보며 살자.

「고마움 천지」춤

초복에서 중복을 향해 달리다 정점에 도달한 중복 날
중복을 맞이한 환영 인파처럼 온 얼굴에 돋아 오른 두드러기

울뚝불뚝 튀어 오르는 것만으로는 부족하여
빨긋빨긋 색칠된 얼굴

가렵다, 화끈거리다, 달아오르다, 뜨끔거리다가
얼굴 형태가 무너질 듯 제멋대로 추는 춤

춤 이름은
「고마움 천지」

나쁜 음식을 먹고도 거뜬해서 계속 나쁜 음식 먹을 때가 많은데
나쁜 음식을 가리도록 해 주니 고맙고

불치병이 진행되어도 전혀 모를 때가 태반인데
가벼운 증상에도 몸이 이렇게 즉각 반응해 주니 고맙고

원인이 무언지 확실하지 않아 더욱더 겸손히 살게 하니
고마움 천지

공짜 없는 세상
약간의 고생을 통해 새로운 춤을 알려 준 두드러기

같은 길, 다른 길

어제 걷던 길을 오늘도 걷는다.
길은 같은 길이지만
어제 걷던 길은
더이상 오늘의 길이 아니다.

어제는 가슴이 아프니, 가슴이 아팠을 뿐
미세먼지만이 아니라 초미세먼지까지도 불편하고
칵칵 뱉어내고 싶은, 내 몸이 받아들일 수 없는 모든 이물질
뱉어도 다시 목구멍에 찐득하게 끼이는 가래처럼

오늘은 뭉텅뭉텅 잔인하리만큼 가지치기한 나무의 두꺼운 껍질을 뚫고
힘차게 돋아나는 초록 잎새가 보인다.
겨우내 검다시피 죽어버린 누런빛 솔잎 사이로
새로이 돋아나는 연둣빛 솔잎이 보인다.
역경에서도 꿈틀거리는 생명처럼

내 몸에 집중했을 때 보이지 않던 세상이
내 앞에 찬란히 펼쳐져 있다.
내 아픔에 빠져들었을 때 느낄 수 없던 세상이
내 앞에 밝게 빛나고 있다. 투명하고 희망찬 빛의 향연처럼

길은 같은 길인데
같은 길이 아니다.
어제 만난 길
오늘 만나는 길, 새롭게 태어나는 길.

잠시 멈추어 선 마음

'죽으면 아무것도 신경 쓸 일이 없을 것이다.
살아있으니 해결해야 할 문제들이 있는 것이다.
그러니 모든 것에 감사한다. 살아있다는 증거니까'

비가 일기예보 시간보다 몇 시간 빨리 흩뿌리기 시작했다.
산책을 그만두고 이런저런 생각도 접어두고 황급히 집으로 향했다.
뛰다시피 집에 도착했을 때 이미 옷은 축축하고 으슬으슬했다.

감기라도 걸릴까 염려하며 서둘러 젖은 옷을 벗었다.
20대에는 비가 오면 일부러 우산 없이 집을 뛰쳐나가곤 했었는데
세월에 장사 없다고 40년의 세월은 나를 변하게 했다.

비를 맞으며 빗속을 거닐고 싶은 낭만이 없어진 것은 아닌데
매 순간 철저한 건강관리, 소위 자기관리를 한다.
어쩌면 건강 자신감을 상실한 염려증의 포장인지도 모른다.

아파트 베란다 창밖으로 축축이 젖어 흐르는 아스팔트를 내려다본다.
비가 우두둑 쏟아지니 큰 나무의 잎도 무게를 이기지 못하고
비를 흘러내린다.
하늘도 구름의 무게를 이기지 못하고 비의 손을 놓아 버렸다.

비를 가리느라 앞이 보이지 않는 까만 우산
빗길을 가르는 열정으로 불타는 빨간 우산
뿌연 빗줄기 속에서도 밝고 맑은 투명 우산

사람들은 저마다 비를 가리는 형형색색의 우산을 쓰고
어딘가로 바삐 가고 있다.
무엇을 향해 쫓기듯 가고 있는 것일까?

잠시 멈추어 선 내 마음
비가 오는데 비를 맞지 않는 곳에 서
바라본 비, 바라본 삶

얼마나 행복한가.
비가 올 때 비를 피할 집이 있다는 것이
비가 올 때 비를 바라볼 집이 있다는 것이

20년 훌쩍 넘어 페인트 벗겨진 낡은 아파트면 어떠냐
그것도 삶의 흔적
감사가 흐른다.

20년 훌쩍 넘어 벽지 바랜 좁은 집이면 어떠냐
그것도 삶의 공간
감동이 머문다.

몸과 마음과 영혼의 안식처
있는 모습 그대로 귀하고
이대로 족하니, 행복

무슨 욕심에서 이렇게

옷장을 열어 본다.
죽을 때까지 다 입지 못할
수많은 옷이 걸려 있다.
나는 무슨 욕심에서 이렇게
다 입지도 못할 많은 옷을
펑펑 사 재어 놓은 것인가?

신발장을 열어 본다.
죽을 때까지 다 닳지 않을
수많은 신발이 신어주기를 기다리고 있다.
나는 무슨 욕심에서 이렇게
다 신지도 못할 많은 신발을
사시사철 신발장에 쌓아두고 있는가?

서랍을 열어 본다.
죽을 때까지 다 사용하지 못할
수많은 잡동사니가 들어 있다.
나는 무슨 욕심에서 이렇게
다 사용하지도 못할 많은 물건을
너저분하게 쟁여 놓은 것인가?

냉장고를 열어 본다.
죽을 때까지 다 먹지 못할
수많은 음식이 냉동실을 벗어나지 못하고 겹겹이 쌓여간다.
나는 무슨 욕심에서 이렇게
신선하게 먹지도 못할 유통기한 지나는 음식들을
꽝꽝 얼려 놓는가?

현관문을 열어 본다.
죽을 때까지 남아돌
수많은 공간이 펼쳐진다.
나는 무슨 욕심에서 이렇게
남아도는 공간도 좁다고 여기며
더 넓은 아파트 평수를 향해 발버둥 치는가?

통장을 열어 본다.
죽을 때까지 다 채우지 못할
수많은 허덕임이 지쳐 있다.
나는 무슨 욕심에서 이렇게
다 채우지도 못할 많은 허덕임을
끝없이 갈망하고 있는가?

컴퓨터를 열어 본다.
죽을 때까지 다 정리하지 못할
수많은 파일이 널브러져 있다.
나는 무슨 욕심에서 이렇게
다 정리하지도 못할 많은 생각을
산만하게 흩어만 놓은 것인가?

새벽을 열어 본다.
죽을 때까지 다 마무리 짓지 못할
수많은 시작이 꿈틀대고 있다.
나는 무슨 욕심에서 이렇게
깔끔하게 마무리 짓지도 못할 많은 시작만
멍하니 벌려 놓은 것인가?

마음 문을 열어 본다.
죽을 때까지 해결하지 못할
수많은 닫힌 마음이 있다.
나는 무슨 욕심에서 이렇게
다 열지도 못할 많은 문을
꽁꽁 닫아 놓은 것인가?

오류인지 몰랐던 오류들

나른한 여름날 일요일 오후
예배당 근처 골목길 저쪽 언덕에서
피켓을 들고 떼 지어 내려오는 한 무리

주일 예배를 마친 신실한 신도들이
은혜가 충만한 마음으로 길거리 전도에 나선 것이겠거니.
「회개하고 천국 가자」라는 피켓을 들고

점점 가까워져 가는데
외치는 소리가 예상과 다르고
보이는 글씨가 예상과 달라

눈을 크게 뜨고 잘 들어 보았더니
지역개발에 주민들이 적극적으로 동참하자는 구호.
「우리도 십 억대 아파트에 살아보자」라는 피켓을 들고

그동안 살아오며,
눈에 보이는 작은 단서들만 갖고 내 멋대로 쉽게 판단하고
제한된 경험에 토대하여 내 마음대로 쉽게 결정한 일들에
얼마나 셀 수 없이 무수한 오류가 많았을까?

언제 말이 많은가

나는 언제 말이 많은가?
속이 비어있을 때.
속이 꽉 차 있으면 말없이 행동하면 되는데
억지로 채우려니 늘 허하다.

나는 언제 말이 많은가?
나를 드러내려 할 때.
드러내려 하지 않아도 드러나는 것이 진짜 나인데
억지로 드러내려 하니 늘 부족하다.

나는 언제 말이 많은가?
마음의 여유가 없을 때.
넉넉함으로 고요히 품는 것이 바다의 지혜인데
억지로 설득하려니 늘 시끄럽다.

회의를 마치고 돌아오는 길에, 한 사람이 다른 사람에 대해 토로하는 불만
동감 되는 족집게 같은 말.
"그렇지요"라고 간단히 동의해도 충분한데
몇 배의 강도를 높여서 치는 맞장구.

다른 사람 없는 자리에서 그 사람의 단점을 말하니
그 사람의 발전에 실제로 아무런 도움 주지 못하는 뒷담화.
내가 앞장서서 다른 사람을 나쁘게 말하지는 않았지만
누군가가 먼저 표현했을 때, '얼씨구나' 하면서 치는 맞장구.

하루를 잘 보냈다고 잠깐 방심하는 순간에
또 저지르고야 마는 잘못.
'아, 내가 실수하고 있구나'라는 생각이 푸드덕 치밀어 오르는 찰나
입은 이미 마음대로 움직여, 삼켜 넣을 수 없는 허공에 뱉어지는 말.

듣고만 말 것을
왜 다른 사람 비난하는 맞장구를 쓸데없이 쳤을까?
나도 생각이 같은 당신 편이라고 강하게 알리고 싶었나?
인격자인 척 내 마음을 숨기고 있다가, 기회가 오자 속을 시원하게 풀었나?

언제쯤 내 입을 경거망동하지 않게 잘 추스를 수 있을까?
언제쯤 인격자인 척이 아니라 바른 인성을 갖춘 사람이 될 수 있을까?
언제쯤 쓸데없는 맞장구가 아니라 향기 전하는 이야기를 할 수 있을까?
다 된 밥에 코 푼 듯 찝찝한 하루는,
통과 못 한 시험지처럼 질문을 남기다.

언제 냄새가 나는가

삼복더위에 외출했다.
온 얼굴에 땀이 흐르고 온몸이 끈끈했다.

옷이 땀에 젖었지만, 여름이라 그러려니 했다.
옷은 몸에 달라붙어 일체가 되는 듯했다.

집에 도착하여, 견디기 힘든 더위를 샤워로 몰아냈다.
씻고 나니 잠시나마 상쾌했다.

땀에 젖어 입고 있을 때는 몰랐는데
샤워를 말끔하게 하고 나니, 입었던 옷에서 냄새가 났다.

입었던 옷을 도저히 다시 입을 수 없기에
깨끗하게 손질되어있는 새 옷을 꺼내 입었다.

땀에 젖어 있을 때는, 퀴퀴한 옷 냄새가 나지 않았다.
깔끔하게 샤워하고 나니, 퀴퀴한 옷 냄새가 진동하였다.

무엇을 아는가

공부하기로 강하게 마음먹은 뒤, 40년 가까이 치열하게 공부했다.
하루 평균 10시간 정도는 공부했으니, 꽤 많은 시간을 공부로 보냈다.
그런데 나는 무엇을 아는가?

60여 년을 살고 난 어느 날, 과로로 감기가 심하게 걸렸다.
나는 내 몸의 체력 한계를 제대로 몰랐고,
내 몸과 정확하게 대화하는 것을 몰랐다.

열흘을 시름시름 앓다가 도저히 안 되어 병원을 찾아서 약에 의존했다.
약을 먹으니까 인후염과 편도선염이 많이 가라앉고 침 삼키기가 쉬워졌다.
또 병원에 갔을 때, 이제 목은 다 나았고, 기침 가래만 문제라고 말했다.

나는 목이 안 아프고 침을 삼킬 수 있으니까, 목이 다 나았다고 생각했다.
의사가 목구멍을 보더니, 아직 목이 벌겋게 부어 있고
낫지 않았다고 말했다.
어이없게도, 의사는 더 강한 염증 치료제를 처방했다.

이번 감기에는 콧물이 나지 않으니 코를 풀지 않아도 되어
그나마 다행이었다.
병원에 가니 콧물이 뒤로 넘어가 기침 가래를 일으키는 것이라 했다.
나는 콧물조차도 눈에 안 보이면 모르는 사람이다.

나는 무엇을 아는가?
느끼고 생각하고 경험한 만큼만 알면서, 내가 아는 것이 다인 줄 알았다.
나는 내가 모른다는 것을 몰랐다.

언제가 생일인가

생일 축하 메시지를 받고, 갑자기 떠오른 질문
'언제가 생일인가?'

모든 날이 생일과 같아
1년 365일이 생일

매일매일
새로 태어나는 삶.

모든 날이 새해 아침과 같아
1년 365일이 새해 아침

매일매일
새날이 시작되는

그런 새 사람으로
태어나고 싶은 날.

밥값, 나잇값

60여 년을 살고 난 어느 날 식탁 앞에서 문득
평생 내가 먹은 밥에 대해 생각해 보았다.

하루 3끼씩 먹은 밥이 한 달이면 90끼요
일 년이면 1,080끼였다. 십 년이면 10,800끼였고

육십 년이면 648,000끼였다.
그러니 약 70만 끼를 먹고, 이 육체를 여기까지 끌고 왔다.

나는 그동안 눈앞의 하루 3끼만 생각해 왔지,
내가 그동안 약 70만 끼를 먹어 치웠다는 끔찍한 생각은 미처 못 했다.

그 많은 밥은 어디서 왔나?
그 다양한 반찬은 어디서 왔나?

그 밥과 반찬은 어떻게 내 입까지 오게 되었나?
놀랄만한 횟수, 70만 끼가 어떻게 가능했나?

갑자기 밥값이 궁금해졌다.
하늘의 햇빛과 농부의 땀에서부터 생각하면 계산할 수 없는

나는 밥값을 제대로 하고 있나?
나는 나잇값을 제대로 하고 있나?

마룻바닥에서 만난 마음 바닥

바닥 닦는 일은 시간 낭비 같았다.
처리해야 할 다른 중요한 일들이
쌓여 있었기 때문이다.
그래서 바닥 닦는 일은 귀찮고 성가신 일이었다.

바닥 닦는 일이 새롭게 인식되었다.
바쁠 때 바닥을 한번 닦다 보면
급하게 일 처리 하는 실수를 줄여 주었기 때문이다.
그래서 바닥 닦는 일은 도움이 되어갔다.

점차 바닥 닦는 일이 소중하게 느껴졌다.
자주 바닥을 닦아도 끝없는 먼지를 보며
내 마음 바닥을 보는 듯했기 때문이다.
그래서 바닥 닦는 일이 더할 나위 없이 의미 있게 되었다.

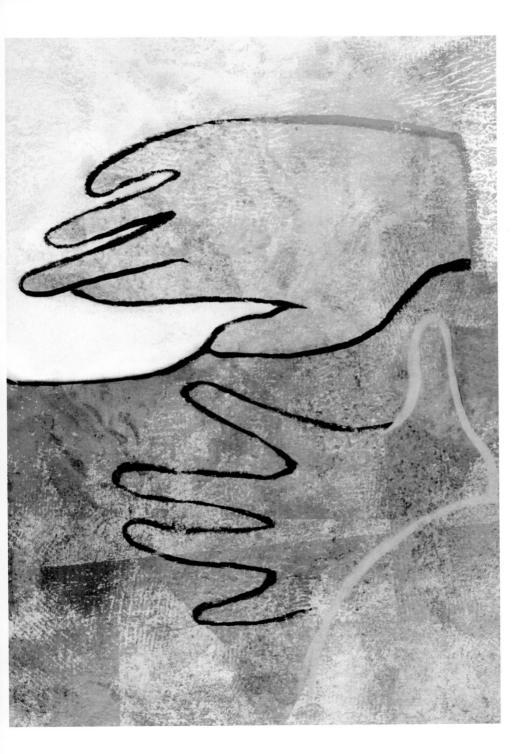

남은 숙제들

고요한 새벽 공기를 타고
죽비처럼 하루를 깨우는
「생명의 소리」:

「나는 어디서 와서, 어디로 가는가를 생각하며…
 나는 누구인가를 생각하며…
 나의 진정한 얼을 찾기 위해…」

「나부터 다스릴 줄 아는 지혜를 터득하기 위해…
 나로 인해 상처받은 사람에게 용서를 빌며…
 유리하다고 교만하지 않으며, 불리하다고 비굴하지 않으며…」

「일을 준비하되, 쉽게 되기를 바라지 아니하며…
 세상살이에 곤란함이 없기를 바라지 아니하며…
 매 순간이 최선의 시간이 되기 위해…」

「모든 탐욕에서 절제 할 수 있는 힘을 기르며…
 지나간 일에 집착하지 않고, 미래를 근심하지 않으며…
 마음을 쫓지 말고, 마음의 주인이 되기 위해…」

자연히 귀 기울이다 마음이 가고, 호흡도 멈추는 이유.
들으면 들을수록, 새기면 새길수록 보이는
그 반대편에 위치한 내 모습.

영원한 화두, 시간

이제야

이제야
강의를 어떻게 해야 할지 알만하니
이미
정년퇴임이 눈앞에 다가왔다.

이제야
제자를 어떻게 가르쳐야 할지 알만하니
이미
교단을 떠날 때가 되었다.

이제야
연구논문을 어떻게 써야 할지 알만하니
이미
눈이 잘 보이지 않는다.

이제야
건강관리를 어떻게 해야 할지 알만하니
이미
몸은 늙어 있었다.

이제야
삶을 어떻게 살아야 할지 알만하니
이미
돌아오지 못할 시간을 너무 많이 흘려보냈다.

이제야
어린 자녀를 어떻게 교육해야 할지 알만하니
이미
자녀들은 다 커서 나를 걱정해 주는 어른이 되어 있었다.

이제야
부모님께 어떻게 참 기쁨을 드리고 효도해야 할지 알만하니
이미
아버지는 이 세상에 계시지 않는다.

이제야
인간관계를 어떻게 해야 할지 알만하니
이미
부고를 받고 상갓집에 가는 날이 많아졌다.

졸리지 않아도 저절로 끄덕여지는 고개

중학교 2학년 따분한 국어 시간
얼굴에 주름이 쭈글쭈글한 국어 선생님
무슨 뜻인지 알 수 없이 어려운 한자를
교실에 들어오기만 하면 칠판에 써 놓고

반장이 선창하면 모두 따라 읽도록
한 번도 아니고 여러 번
수업 시작할 때마다
매번 같은 한자를 계속 읽히곤

뒤편 의자에 앉아 눈감고 계시는 듯
눈이 피로하신지, 무슨 생각을 하시는지, 끄덕끄덕 조시는지
그것이 늘 궁금해도 뒤돌아볼 수 없는
내 얼굴을 아시는 담임선생님.

귀에 딱지 앉도록 반복해서 읽었던
알 수 없는 외계어 같은 글귀
나중에는 나도 선생님을 닮았는지
칠판을 보지 않고 눈을 감은 채 딴생각을 해도 저절로 열리는 입.

「소년이노학난성 (少年易老學難成)
　일촌광음불가경 (一寸光陰不可輕)
　미각지당춘초몽 (未覺池塘春草夢)
　계전오엽이추성 (階前梧葉已秋聲)」

(소년은 늙기 쉽고 배움은 이루기 어려우니
　일 초의 시간인들 가볍게 여기지 말라.
　연못가에 봄풀은 꿈도 미처 깨지 못했는데
　섬돌 앞의 오동잎은 벌써 가을 소리더라.)

중학교 2학년 따분한 국어 시간
눈 감고 딴생각해도 입으로 줄줄 외우며
내용은 알아도
알 수 없었던 의미

그때 까만 머리 소녀가 지금 반백의 할머니 되어
마음으로 다시 만나는 중학교 2학년 국어 시간.
뒤에서 감시하는 담임선생님 없어도 스스로 되새기며
졸리지 않아도 저절로 끄덕여지는 체머리 고개.

하얗다 못해 눈부시게 젊은 날

시도 때도 없이 갑자기 무릎이 시큰거리는 어느 날
천천히 산책하는 공원길

　　　퇴행성관절염이 슬그머니 찾아오니
　　　뛰기보다는 걷기가 어울리는 운동.

공원 한구석에 지팡이를 세워두고
허리 운동하던 꼬부랑 할머니

　　　피부는 쪼글쪼글해도
　　　머리카락만은 새까맣게 염색한 나름 멋쟁이.

머리카락 나오는 대로 자유롭게 희끗희끗한 나에게
퉁명스럽게 던지는 말:

　　　"참 빨리 걷는구먼."
　　　"예?"

"아직 젊어서 그래."
"..."

　　　하얗다 못해
　　　눈부시게 젊은 날에.

"인생이 별거야?"

한 손에 부채 들고
설렁설렁 공원길 산책하는
노부부

게을러서 슬슬 걷는 것이 아니라
닳은 연골은 체중이 부담스럽고
위치 잃은 고관절은 마음대로 삐거덕거려서이다.

인생의 무게가 힘들고 무거웠는지
한쪽 어깨는 땅으로 기울고
다른 쪽 어깨는 방향을 잃었다.

한때 연애할 때 맵시 보는 날도 있었으련만
아무렇게나 걷어붙인 바짓가랑이에
유행 지난 옷차림도 아랑곳없다.

매력을 잃은 지는 오래되었어도
저녁 어스름 어슬렁어슬렁
함께 걸을 수 있는 친구

뜨겁지는 않아도
다정한 이야기 두런두런 나누며
외로운 마음 달래주는 친구

옛날에는 고급 핸드백을 들었을 손에, 낡은 부채를 들고
옛날에는 하이힐을 신었을 발에, 슬리퍼를 끌고
옛날에는 가꾸었을 얼굴에, 아무런 화장기 없는 민낯으로

그래도 좋은 것이다. 편안해서
그래도 좋은 것이다. 다정해서
그래도 좋은 것이다. 꾸밈없어서

"인생이 별거야?
 모아놓았다가 애들 주고,
 죽는 거지."

"마음에 우러나서
 돈 쓸 일이 없어.
 손주들한테 밖에는."

"인생이 별거야?
 다른 것 다 필요 없고,
 아들딸 잘살면 되는 거지."

"인생이 별거야?"로 시작해서
"인생이 별거야?"로 끝나는
 노부부의 대화

"인생이 별거야?"
백일잔치 돌잔치 결혼식 장례식 무수하게 쫓아다닌 뒤에
투박하고 낮은 목소리는 겨울 바다보다 침착하고

"모아놓았다가 애들 주고,
 죽는 거지."
거침없이 단호하게 무표정한 얼굴은 돌부처보다 덤덤하다.

인생이 별것 같아서
때로는 100m 달리기 경주하듯, 때로는 42.195km 마라톤 완주하듯
매 순간을 치열하게 전력투구하는 나에게

울고 웃고, 화내고 참으며, 좌절했다가 성취하고, 고통받다가 행복하며,
바람에 흩날리는 갈대 같은 나에게
툭 던져진 질문, "인생이 별거야?"

삶의 남은 시간도 함께 알려 준다면

옛날에는 버스 정류장에 서서
버스 오는 방향으로 목을 늘여 빼고
하염없이 버스를 기다렸다.

요즘 젊은이들은 스마트폰으로 손가락 놀림 몇 번이면
버스 도착시간도 미리 확인하니
기다림의 간절함을 느껴 보지도 못한 채, 알 필요도 없다.

스마트 시대에 살아도
스마트한 손놀림에서 소외된 노인은
계속 목을 길게 빼고 버스를 찾아야 한다.

이를 눈치챈 스마트한 사회가
버스 정류장마다 버스 도착 알림판을 세우고
도착시간을 예고해 준다.

도착 네 정류장 전
도착 세 정류장 전
도착 두 정류장 전

도착 한 정류장 전이 되면
곧 버스가 도착하겠거니 짐을 꾸리고 편안한 마음으로
버스 탈 준비를 한다.
그러다 보면 저만치 버스가 스르륵 다가온다.

삶의 남은 시간도
스마트한 버스 정류장처럼
죽음 10년 전, 죽음 5년 전, 죽음 1년 전…

죽음 1일 전, 그렇게 예고가 되면
어질러놓은 서랍 정리도 하고
신세 진 사람 찾아가 밥도 살 텐데

아무리 스마트한 시대에도 죽음은 예고 없이 찾아온다.
유서도 미리 써 놓을 틈이 없고
사람도 한없이 사랑할 틈을 주지 않는다.

스마트 버스 정류장이
버스 타는 이들에게 버스 도착시간만 알려 주지 말고
삶의 남은 시간도 함께 알려 준다면

지금과 많이 다른 선택을 할 것이다.
삶의 모습이 많이 다를 것이다.
인간 세상이 많이 달라질 것이다.

스마트 시대
스마트 버스 정류장에
간곡히 걸어보는 기대

천국 가는 길

어떤 음식을 먹어도 괜찮았는데
상한 음식을 먹으면 얼굴에 솟아오르는 두드러기
알레르기가 생겼다는 것을 알았을 때 속상했지만
곧이어 감사
얼굴에 마구잡이로 솟아오르는 두드러기 덕분에
입에 들어가는 음식을 신중히 선택하게 되었으니까.

골다공증을 향해 달려가는
골 감소증 진단을 받았을 때
깜짝 놀라며 실망했지만
곧이어 감사
정상인보다 뼈 골절이 몇 배 쉽다는 덕분에
부지런히 칼슘 섭취를 하게 되었으니까.

10년을 치료해도 낫지 않는 극심한 안구 건조증과 각막염이
위험수위에 도달했는데 나이까지 들어가니 더욱 심각하다는
의사 진단에 염려가 되었지만
곧이어 감사
내 인생에 지금이 가장 건강한 때라는 것을
절절히 깨닫게 되었으니까.

가만히 있어도 떨리는 목
마음이 떨지 않아도 혼자 떠는 목
원인불명이라 치료가 어렵다는 것을 알았을 때
곧이어 감사
사람들 앞에서 고개가 떨려 창피한 것이 아니라
언행이 바르지 못함을 떨어야 한다는 것을 생각하는 계기

누워 있을 때 짓눌리는 가슴
60여 년을 한순간도 쉬지 못하고 뛰어온 심장도
가끔은 쉬고 싶을 것이라는 생각이 들었을 때
곧이어 감사
쉬지 않고 꾸준히 뛰어 주어서.
염치없는 마음으로 시간을 내어 열심히 운동하게 되었으니까

그렇게 시작된 노화
모든 증상이 감사 천국.
나는 나를 바라보게 되었고
조금씩 알아가게 되었다.
분수를 지키고 스스로 삼가며
다른 사람들의 처지도 점차 이해하게 되었다.

단지 잊었을 뿐

우리는 태어나는 순간
죽음을 선고받았다.

살아가면서
단지 그 사실을 잊었을 뿐.

이 생각을 만난 것만으로도 위로
이 기억을 되찾은 것만으로도 감사.

그대에게 어떻게 다가갔는가

1월
장갑을 껴도 추위에 손가락이 곱아드는데
발가락에 양말 두 켤레씩 욱여넣고
걷기로 체력 단련하겠다고
썰렁한 공원 운동장을 향했다.

　　　2월
　　　구정 명절에 채소 가격이 곱절로 치솟는데
　　　당근이면 되는데도 굳이 더 비싼 흙 당근으로 사서
　　　눈에 좋은 비타민 보충해 보겠다고
　　　질근질근 씹어 먹었다.

　　3월
　　신학기가 시작되어 시간에 쫓기며 바빠졌는데
　　수삼 잔뿌리까지 한참을 빡빡 씻어
　　달콤한 꿀도 안 찍고
　　뚝뚝 잘라 먹었다.

4월
어릴 때 엄마가 퍼준 밥그릇에 콩을, 혼나면서도 쏙쏙 골라내었는데
흉년으로 비싸진 서리태 콩을 굳이 사서
갑절로 비싸도 아랑곳없이
듬뿍듬뿍 넣어 콩밥을 해 먹었다.

13월
그렇게 발버둥을 치며
멀어지고 싶었던 그대의 세계에
점점 가까이 가고 있었다는 것을 깨닫는 순간
차라리 그대를 영원한 친구 삼기로 했다.

얼마나 짧은가

사랑하기만도 너무 짧은 인생
나는 누구를 미워하고 있는가?
나는 누구를 싫어하고 있는가?
나는 누구를 욕하고 있는가?
나는 누구에게 짜증 내고 있는가?
나는 누구에게 화를 내고 있는가?
나는 누구에게 섭섭해하고 있는가?

행복하기만도 너무 짧은 인생
나는 무엇을 가슴 아파하고 있는가?
나는 무엇을 불안해하고 있는가?
나는 무엇을 슬퍼하고 있는가?
나는 무엇에 집착하고 있는가?
나는 무엇에 쫓기고 있는가?
나는 무엇에 고통받고 있는가?

사랑하기만도 너무 짧은 인생
소중한 사람들에게 사랑한다고 말하자
있는 그대로를 감사하자.
지금, 이 순간
행복 하자.
마음껏 누리자.
행복하기만도 너무 짧은 인생

지금, 이 순간이 모든 것

지금, 이 순간이 모든 것
지금, 이 순간에
지난 모든 시간이 더불어 살아 움직이나니

지금, 이 순간이 모든 것
지금, 이 순간에
앞으로 다가올 모든 시간이 함께 꿈틀대고

지금, 이 순간이 모든 것
지금, 이 순간에
잡념을 잊고 몰두할 뿐

지금, 이 순간이 모든 것
지금, 이 순간에
너와 나 우리는 하나

여행 준비물 윤회

인생 여행의 과정에서
여행 준비물에 생긴 변화

젊었을 때는
약을 챙기려는 의식조차 없었는데

중년이 되어가니
응급상황에 필요한 비상약들을 주섬주섬 담기 시작하다가

노년이 되었을 때는
필수 복용 약 꾸러미가 자꾸만 커졌다.

언젠가 새로운 출발을 하게 될 때는
약으로부터 자유로운 여행이 다시 시작되리라.

"꿈이요, 생시요?"

"깬 거요?
 자는 거요?"

"네가 말하는 동안 생시요,
 네가 말을 멈추는 순간 꿈이라."

오늘과 내일 사이

하루가 저문다.
우주의 시간이 저문다.

오늘 하루도 그럭저럭 다 지나갔다.
영원히 되돌아오지 않을 우주의 시간.

오늘 하루도 그만하면 열심히 살았다.
정직한 우주의 질서정연함을 바라보며.

훌훌 털고 내일을 향한 채비를 한다.
또 다른 우주의 품으로.

단지 이사 가는 것일 뿐

내 인생의 활동기 수십 년을
묵묵히 지탱해 주었던
고마운 집

내 인생의 정리기 미지의 시간을 향해
격려의 박수를 쳐 주는
속 깊은 집

이 집에 영원히 살 줄 알았는데
모든 것에는 만남과 헤어짐이 있어
어느덧 너를 떠날 때가 되었구나.

아파트를 옮기며 이사 가는 날.
어디 이뿐이랴?
지구에서의 삶도 마찬가지임을

그렇게 불현듯 찾아오리니.
그동안 지나온 찰나 같은 삶
무릎 꿇고 감사하며

펼쳐질 새로운 세계
오늘도 겸허한 마음으로
인연의 씨줄과 날줄, 귀한 만남의 고리를 만든다.

대화하는 친구, 자연

개나리 키는 왜 다를까

그들은 같은 뿌리에서 나왔다.
추운 겨울 차디찬 눈바람도 손을 맞잡고 이겨내었다.

그리고 다정하게 옆에 서서 따사로운 햇볕을 쬐는구나.
꼿꼿이 서서 반가운 비도 맞이했었고

산들산들 맑은 공기도 늘 그 자리에 찾아오곤 했다.
그래서 오늘 터질 듯이 노오란 개나리 꽃망울을 만났구나.

그런데 개나리 키가
매우 달랐다!

하늘은 왜 파랄까

아침 식사를 하며
아들에게 말했다.
"앞으로 쓰는 책은 제목을 질문 형식으로 쓸까 해."

아들은 참신하다며 고개를 끄덕여 주었다.
"60여 년을 살았는데
나도 내가 현재 어떤 질문들을 던지며 사는지 궁금하네."

아들도 엄마의 질문들이 궁금하다며,
나중에 완성되면 꼭 보여 달라고 했다.
"예를 들어, '하늘은 왜 파랄까?' 그런 질문들 말이야."

그렇게 말하며 내 머릿속은 온통
꼬리에 꼬리를 문 질문들로 가득 차올랐다.
'하늘은 왜 파랄까?…'

아들과 함께 식사하며 떠오른 답:
'우리 마음에 희망을 품으라고.
영원히 푸른 희망!'

'그럼, 구름은 왜 하얄까?'
'우리 마음이 맑으라고.
눈부시게 빛나는 하얀 빛!'

왜 천둥이 치는가

많은 사람이 분노할 때
나는 분노의 대상보다 조용히 하늘을 바라보게 되었다.

그리고 나는
할 말이 없는 사람이라는 것을 알게 되었다.

나는 단지 많은 사람의 관심을 받는 위치가 아니었고
나는 단지 많은 사람에게 알려진 위치가 아니었을 뿐

내 속에는 유사하게 뒤틀린 수많은 씨앗이
평범한 일상 속에서 꿈틀하거나 꽃 피우고 있었다.

이 세상 돌아가는 모든 상황이 배움의 장이고
이 세상 드러나는 모든 일이 깨달음을 재촉하는 신호인데

지금이라도 나의 잘못을 깨달으며 계속 절박하게 노력하면
하늘이 도와준다는 것을 알아 온 삶

무디어진 칼날 되어 하늘의 신호에 반응하지 못하면
언젠가 하늘은 번개 치며 호령한다는 것을 알게 하는 천둥의 함성.

매미는 왜 이렇게 힘든 길을 찾아왔을까

내가 사는 아파트 8층
언덕 위에 있으니 기분은 16층 같다.

생활은 검소해도 이상은 높게
그래서 그런지 낡아도 좋은 내 집은 천국 같다.

날은 폭염으로 더워도 창문을 열고 있으면
한줄기 맞바람이 여름을 식히니 마음만은 맑고 투명한 가을 같다.

갑자기 귀를 찢는 매미 울음소리.
아파트 아래 공원의 나뭇가지에서 나는 매미 소리를
반주로 독창하는 듯.

절박한 소리에 이끌려 따라가 본 아파트 베란다.
매미가 방충망에 딱 붙어 쉼이 없는 열기를 뿜어내고 있었다.

여름은 가고 가을이 오리니
7년 동안 준비해온 소리 보따리를 귀뚜라미 오기 전에
다 풀어야 한다는 듯.

여름 한가운데 매미 소리는 가을을 경계 하나
그렇게 가을은 여름 속에서 꿈틀대고 있었다.

어떻게 이 높은 곳까지 온 것일까?
그것도 다른 매미들과 떨어져 혼자서

날아왔을까?
날아 올라오기에는 감당하기 어려운 높이를.

기어 왔을까?
기어 올라오기에도 견디어내기 어려운 높이를.

어떻게 왔을까?
위험을 이겨내며 껍질을 벗어온 시간들

무엇이 여기까지 올라오게 했을까?
스스로 선택한 의미를 찾아

왜 이렇게 힘든 길을 찾아왔을까?
높은 곳으로 향하는 길

공원의 1층 높이 편안한 나뭇가지면 충분한데
아파트의 8층 높이 불편한 방충망까지 올라와

짧디짧은 삶의 시간을 치열하게 소리 뿜는 그대는…
생명을 낳고 자연으로 돌아가기 위해 몸부림치는 그대는…

산에 살면 산토끼인가

나무들이 쭉쭉 뻗어 울창한 산길을 걷기 시작했다.
입구에는 「수렵 허용지역」이라는 팻말이 세워져 있었다.

굽이굽이 산길을 지났다.
수풀들이 뒤엉킨 깊은 계곡에는 물이 흐르고 있었다.

갑작스러운 움직임을 느껴 몸을 휙 돌렸다.
저만치 노루가 순식간에 이쪽 숲에서 저쪽 숲으로 건너뛰어
몸을 숨겼다.

근처 산속의 인가에 들렀다.
마당 뜰에는 두어 평 남짓한 철망이 쳐있었다.

철망 속을 가만히 들여다보니 토끼가 있었다.
가까이 가니 토끼가 입을 씰룩대며 철망에 몸을 바짝 갖다 붙였다.

내가 음식을 주려는 줄 아는 것 같았다.
음식이 준비되어 있지 않은 나는 그냥 쳐다보았다.

두 귀가 쫑긋한 토끼는 기대와 실망을 아는 듯하였다.
토끼는 나를 언제 보았냐는 듯이 다시 가운데로 가서
땅바닥의 풀을 훑었다.

깊은 산속에
사는 토끼

산에 살면
산토끼인가?

넓디넓은 산속에 살아도
두어 평 철망 속에 꽁꽁 갇혀 있는 토끼

깊디깊은 산속에 살아도
토끼의 세상은 깊은 산속이 아니었다.

높디높은 산봉우리 옆에 살아도
첩첩 겹겹 산골짜기 옆에 살아도

토끼에게 온 세상은
두어 평 남짓한 철망이 전부였다.

어디에 있느냐

여름밤을 수놓는 벌레들의
아름다운 합창 소리를 듣다가,
삼복더위에 지친 냉장고가
힘겹게 윙윙 돌아가는 엔진 소리를 듣는다.

날이 밝아오는 것을 알리는
부지런하면서도 맑은 새소리를 듣다가,
컴퓨터 작업하는 도중에도 E-메일 도착을 알리는
일 처리 재촉 신호 소리를 듣는다.

작열하는 태양 아래서도
계곡 틈 사이를 시원하게 쏟아지는 폭포수 소리를 듣다가,
타는 듯한 날씨 속에
신경질적으로 뒤엉키는 자동차의 경적 소리를 듣는다.

수풀 가운데로 찾아온 바람이
나뭇잎을 비단결처럼 스치는 사각사각 소리를 듣다가,
아스팔트 길 위에서 급브레이크 밟아
타이어가 찢어지듯 부대끼는 소리를 듣는다.

어디에
있느냐에 따라,
들리는
소리가 다르다.

밤에 쏟아지는 것만도 부족하여
넓은 땅에 쏟아지는 별 같이 아름다운 비를 보다,
비 오는 날 주차할 곳 찾아 헤매는
이면도로 옆 골목에 세워져 있는 팻말들을 본다.

「주차금지」로는 부족하여
「여기에 주차하면 견인조치」,
「견인조치」로는 부족하여
「여기에 주차하면 법적 고발조치」

시뻘건 피 같은 글씨가 아로새겨진 팻말들에는
무시무시한 경고와 협박,
그리고 경계와 불신
화와 분노가 몸서리치고 있었다.

초록 숲속에는
벌레와 새, 계곡과 폭포, 수풀과 바람이,
아름답고 조화로우며 평화롭게
어우러지고 있는데

어디에
있느냐에 따라,
보이는
대상이 다르다.

벌레가 싫은가, 좋은가

한여름 밤 더위에
겨우 잠들려는 데
어느 틈으로 들어왔는지
귀에 앵앵거리는 모기 몇 마리
얼마나 짜증 나고 잠 못 이루는 피로한 밤인가.

모기만 아니라 벌레는 싫다.
어떤 벌레든 방안에서 보면
마음의 평정을 잃고 긴장하며
벌레를 어떻게 퇴치할지 골머리를 앓다가
전자 매트만으로는 부족하여 스프레이 약까지 뿌린다.

한여름 밤 고즈넉하게 누워
시골집 방충망 틈으로 들어오는
싱그러운 수풀 냄새에 한껏 젖어
여름벌레들의 합창 소리를 듣는 것은
얼마나 여유 있고 낭만에 빠져드는 천국 같은 일인가.

벌레는 싫은데
벌레들이 수놓는
자연 교향곡은 좋으니
진정 벌레가 싫은가, 좋은가?
갈피를 못 잡고 요동치는 마음을 벌레가 깨쳐 주었다.

강아지를 사랑하는가

하얀 강아지에게 예쁜 빨간색 치마를 입혔다.
치마 속에는 맵시가 나도록
층층이 화려한 속옷까지 입혔다.
패션 잡지의 모델이 입고 있는 세련된 형태의 레이어드 룩

누구를 위한 치마인가?
누구를 위한 속옷인가?
강아지를 사랑하는가?
나를 사랑하는가?

대상 자체를 바라보는가?
단지 나의 욕구에 집착하는가?
불편한 옷에 끼여 뒤뚱거리는 강아지의 뒷모습
애처로운 질문을 남기다.

아름다움은 어디에서 오는가

어쩌면 저 순백의 목련이
살을 에는 겨울을 이겨내고
이렇게 흐드러지게 피어나는지,
참 감동.

어쩌면 저 핑크빛 꿈같은 벚꽃이
저녁 어스름 축축한 비를 맞으면서도
이렇게 밝게 빛나는지,
참 설렘.

어쩌면 저 노오란 솜털 병아리 같은 개나리들
이제는 가끔 무릎이 쑤시는 다리를 이끌고
반가이 바라보며 봄을 맞이할 수 있으니,
참 감사.

새는 언제 노래하는가

크리스마스이브에 고즈넉이 산책하는 공원
찬 공기 사이로 맑디맑은 소리가 허공을 뚫었다.
앙상한 겨울 가지 위에 가녀린 다리로 살포시 앉아 노래하는 새들

새는 따사로운 햇볕과 초록의 생명이 움트는 봄에만
노래하는 것이 아니었다.
새는 무성한 잎 속에 몸을 가릴 수 있는 여름에만
노래하는 것이 아니었다.
새는 아름다운 열매가 주렁주렁 매달린 가을에만
노래하는 것이 아니었다.

실오라기 나뭇가지 같은 다리를 바들바들 떨게 하는
매서운 바람 속에서도
잎사귀 하나 없어 몸 가릴 곳 없이 앙상하게 드러나는
겨울 가지 위에서도
꽃도 열매도 보이지 않는
차디찬 바람 속에서도

새순이 돋던 날 하늘 높이 부르던 것과 똑같은
희망의 노래를
울창한 수풀 속에서 안락하게 부르던 것과 똑같은
열정의 노래를
멋진 결실을 향해 예쁜 꽃을 품고 부르던 것과 똑같은
감동의 노래를

새는 노래하기 위해 태어난 듯 노래하고 있었다.
척박한 환경을 탓하지 않고 변함없는 자기만의 노래를 하고 있었다.
겨울이 가면 봄이 올 것이라는 듯,
절망도 소망으로 노래하고 있었다.

노래는 즐거울 때 부르는 것으로 알고 살아온 나.
힘들 때도 그치지 않고 부르는 노래
새는 그렇게 나의 노래를 알려 주었다.
크리스마스이브에

높게 올라가면

높게 올라가면
아래를 내려다보기 쉽다.

높게 올라가면
오히려 스스로를 바라보기 어렵다.

높게 올라가면
내려갈 일이 남는다.

거친 산을 올라도
어차피 내려갈 길

급히 오르기보다
즐겁게 누리며 오르자.

욕심나서 서두르기보다
마음을 비우고 오르자.

때로는 높게 올라가지 못해도 좋다.
한 걸음 한 걸음 진정성을 담자.

산은 그렇게 말하며
오늘도 친구 하자 손짓한다.

언제 동백꽃 같은 사람이 될 수 있을까

언제 동백꽃 같은 사람이 될 수 있을까?
너는 하얀 순백의 눈 위에 빨간 꽃을 피워
내가 그 눈이 너무 시리고 춥다고 생각할 때마다
따뜻한 온기를 주는구나.

언제 동백꽃 같은 사람이 될 수 있을까?
너는 하얀 순백의 눈 위에 빨간 꽃을 피워
내가 이 세상에 대한 불평불만이 가득할 때마다
진정한 감사를 배우게 하는구나.

언제 동백꽃 같은 사람이 될 수 있을까?
너는 하얀 순백의 눈 위에 빨간 꽃을 피워
내가 그 눈이 잡티 없이 하얗다고 생각할 때마다
눈부시게 청결한 마음을 알게 하는구나.

언제 동백꽃 같은 사람이 될 수 있을까?
너는 하얀 순백의 눈 위에 빨간 꽃을 피워
내가 육신을 유지하는 일에 급급하게 살 때마다
뚜욱 뚝 떨어진 골고다 언덕의 빨간 피를 기억시키는구나.

언제 동백꽃 같은 사람이 될 수 있을까?
너는 하얀 순백의 눈 위에 빨간 꽃을 피워
내가 목구멍을 채우는 일로 바삐 살아 실천 못 하지만
죽음으로서라도 완성하고 싶은 부러운 경지를 이루어 내었구나.

계절의 변화가 가르쳐 준 것

나는 내가 충직한 사람이라고 생각하며 살았다.
계절의 변화는 내가 간사한 사람이라는 것을 알게 하였다.

조금만 더워지면 덥다고 난리를 친다.
겨울에 뜨뜻한 난방이 좋았던 것을 잊고

조금만 추워지면 춥다고 난리를 친다.
여름에 선선한 냉방이 좋았던 것을 잊고

여름에는 시원한 것을 찾고
겨울에는 따뜻한 것을 찾고

마음이 왔다 갔다 하며 1년이 가고
늘 반복되어도 처음인 양, 마음이 왔다 갔다 하며 세월이 갔다.

그러던 어느 날 문득, 여름에는 더운 것이려니
겨울에는 추운 것이려니, 생각하기로 했다.

여름은 더워야 제맛이고
겨울은 추워야 제맛이려니 받아들이니

여름에 겨울을
겨울에 여름을 바라지 않게 되었다.

여름에 겨울을 그리워하기보다
여름은 여름이라 좋은 것이다.

겨울에 여름을 그리워하기보다
겨울은 겨울이라 좋은 것이다.

「Clean and Green (깨끗하고 푸르게)」

네팔 히말라야 루클라 공항의 안내판은
이렇게 선명히 외치고 있다:
「Clean and Green (깨끗하고 푸르게)」!
그러나 에베레스트산은 트레킹과 등반을 위해 찾아온 사람들이 버린
맥주병, 통조림 캔, 등산 장비, 산소통 용기… 100여 톤의 쓰레기들로
견디기 어려운 몸살을 앓고 있다.

높디높은 에베레스트산은
나지막한 목소리로 나에게 이렇게 속삭였다:
남들 보기에
그럴듯한 말을 하기는 차라리 쉽다.
그러나 스스로 보기에
훌륭한 행동을 하기는 참으로 어렵다.

하늘에 쓰는 편지

나도 난민

"지상 교회도 천상 교회의 관점에서 보면 난민…"
프란치스코 교황님의 말씀

난민과 아무런 관계가 없다고 생각하며 살아오던 나
쫑긋하는 귀, 번쩍 뜨이는 눈.

사전에서 찾아본 난민의 정의:
「전쟁, 지진 등으로 인한 재화를 피해 다른 나라나 지방으로 가는 사람」

우리 부모님은 전쟁을 피해 이북에서 이남으로 피난 왔던 난민
전쟁을 겪지 않은 나도, 하늘에서 내려다보면 난민

나는 하늘의 마음에서 멀리 가 있었다.
나는 본래의 모습에서 멀어져 있었다.

'지금 무엇을 축복하는 것일까?'

삭막한 도시 곳곳의 쓰레기통에서, 오늘도 쓰레기를 뒤진다.
그래도 쓸 만한 쓰레기와 파지가 위로의 선물이다.
떨리는 손으로 쓰레기 뒤지는 인생, 그럭저럭 허리도 꼬부라졌다.

꼬부라진 허리를 알아주는 듯, 언덕길은 가파르기만 하다.
파지 줍는 할아버지는 반지하 방을 향해 휘청휘청 온 힘을 다하였다.
'아들딸은 없는 것일까?'

파지 담은 손수레를 끌고, 처절하리만큼 힘겹게 올라가는 언덕길 옆
교회 투명 유리문에 큼지막하게 쓰여 있는 선명한 글씨:
「God bless you (하나님은 당신을 축복하십니다)」

'하나님은 지금
 숨 헐떡거리는 꼬부랑 할아버지의 무엇을
 축복하시는 것일까?'

적절한 정도

하늘은
내가 성장한 만큼 고난을 준다.

하늘은
내가 감당할 수 있을 만큼 시련을 준다.

그 사실을 깨닫기 전까지는
힘겨운 순간이 많았다.

그 사실을 깨닫고 나니
힘들어도 마음이 흔들리지 않았다.

멀리 바라보이는 등대
조각배를 인도하는 빛처럼

오늘도 적절하게 나를 달구는
따스한 빛의 온기들

"네 소원이 무엇이냐?"

「"네 소원이 무엇이냐?"라고 하나님이 내게 물으시면 나는 서슴지 않고,
"내 소원은 대한 독립이요"라고 대답할 것이다.
"그다음 소원은 무엇이냐?" 하면, 또 "우리나라의 독립이요" 할 것이요,
"그다음 소원이 무엇이냐?"라는 셋째 번 물음에도 나는 더욱 소리를 높여,
"나의 소원은 우리나라 대한의 완전한 자주독립이요"라고
 대답할 것이다.」

「백범 김구 기념관」에서 만난, 김구 선생님의 소원.
김구 선생님이 총을 맞은 당시 입으셨던 피 묻은 저고리 앞에 서서
마음 깊이 질문해 보는 나의 소원.
기념품 가게, 김구 선생님이 쓰신 붓글씨 「사무사(思無邪)」 앞에 서서
다시 한번 고요히 질문해 보는 나의 소원.

8천 원짜리 복사본 붓글씨 기념품
8억 원보다 더 귀한 김구 선생님의 가르침
「사무사(思無邪)」
붓글씨 기념품 뒤에는 다음과 같은 해설이 쓰여 있었다:
「생각에 있어 그릇됨이 없어야 한다.」

"네 소원이 무엇이냐?"
하나님이 내게 물으실 때,
생각에 그릇됨이 없이 내 소원을 말할 수 있었으면.
「사무사(思無邪)」
오늘 하루도 생각에 그릇됨이 없는 나의 길을 가련다.

한줄기 위로의 빛

아기는 태어날 때 "으앙" 울음을 터뜨린다.
누가 세상을 슬프다고 했는가?
아기는 누구에게 전해 들었는지, 이 세상에 올 때 울면서 시작한다.

삶의 과정 과정이 서커스 타는 것처럼 녹록하지 않다.
누가 세상을 고해라고 했는가?
아기는 살아보기도 전에, 고통의 바다를 이미 다 파악한 듯하다.

태어나는 것이 죽을 것을 전제하고 있어 슬플 수밖에 없는 게다.
누가 세상을 덧없다 했는가?
아기는 살고 나서 덧없음을, 살기 전에 알은 듯하다.

「슬픔이 있는 곳에 기쁨을 가져오는 자 되게 하소서」
성 프란치스코의 기도
오늘도 지구를 뒤덮은 슬픔에 한줄기 위로의 빛

슬픔은 슬픔을 위로하지 못한다.
희망이 슬픔을 위로하리니
오늘도 파아란 하늘, 희망을 노래한다.

헤르만 헤세는 어떤 기도를 했는가

「헤르만 헤세의 기도」:
'나로 하여금 나 자신에게 절망토록 하소서
 그러나 당신을 향해 절망하지 않게 하소서.
 내가 자신을 유지하는 일을 돕지 않게 하시고
 내가 자신을 확장하는 일을 돕지 않게 하소서.'

나의 삶은 온통
나의 기도는 온통
나 자신을 유지하는 일과
나 자신을 확장하는 일에
얽히고설키어 왔던 것이 아닌가!

그런데 헤르만 헤세는
자기 자신을 유지하는 일과
자기 자신을 확장하는 일을
하늘이 돕지 않도록 기도했다.
다시 느껴 보는 헤르만 헤세의 기도

어둑어둑 하루가 저무는 시간 「헤르만 헤세의 기도」는
나태주 시인의 「행복」 속으로 저녁노을처럼 스며들고 있었다.
'저녁때 돌아갈 집 있다는 것
 힘들 때 마음속으로 생각할 사람 있다는 것
 외로울 때 혼자서 부를 노래가 있다는 것'

무엇을 바라볼 것인가

안드레아 보첼리의 「어메이징 그레이스(Amazing grace, 놀라운 은총)」
무수한 성악가들이 불러온 「어메이징 그레이스」
그중에서도 특별히 다가오는 안드레아 보첼리의 「어메이징 그레이스」
영성을 느끼게 해 주는 감동

앞을 전혀 보지 못하는 안드레아 보첼리
「어메이징 그레이스」를 부르면서 "나는 본다 (I see)" 라고.
앞을 보는 나보다
「어메이징 그레이스」를 더욱 명확하게 바라보는 듯

눈에 약을 넣든, 안경을 쓰든, 어쨌든 현재 앞을 보고 살면서도
나는 보지 못하는 세계가 얼마나 많은가.
나는 내가 보고 싶은 것만 보고
나는 내가 볼 수 있는 것만 본다.

"나는 본다 (I see)!"
60여 년 동안 나는 무엇을 보았는가?
현재 나는 무엇을 보고 있는가?
앞으로 남은 삶에서 나는 무엇을 바라볼 것인가?

얼마나 이루었나

많은 논문과 저서를 출판했을 때
모든 것을 이루었나?

인간적으로 해야 할 역할과 책임을 다하였을 때
모든 것을 이루었나?

내가 하고 싶은 일과 꿈에 도달했을 때
모든 것을 이루었나?

하늘이 준 소명을 깨닫고 실천할 때까지는
이루어 가는 과정일 뿐.

하늘은 언제 따뜻한 손을 내미는가

나는 얼마나 많은 순간 하늘이 돕기를 바라왔는가?
부모님께서 생명이 위독하실 때

얼마나 애간장을 태우며 기도했던가?
자녀들이 대학교 입학시험 칠 때

어디 그뿐이랴?
내 마음의 갈피를 잡지 못할 때.

어디 나 만이랴? 지구촌 이 사람 저 사람 모두
사사건건 도와주길 바라고 있으니

하늘이 돕기 만을 바랄 것이 아니라
하늘이 도와주고 싶은 마음이 나도록 해야지

감당하기 힘든 바쁜 하늘도
조용히 따뜻한 손을 내밀 것이다.

"어떤 사람이 되고 싶은가?"

"어떤 사람이 되고 싶은가?"
만약 하늘이 나에게 물어보고,
내가 원하는 대로 해 준다면,

눈이 침침해진 나는
이제야
이렇게 답할 것 같다.

"편안한 사람
 정겨운 사람
 만났다 헤어지면 그리운 사람"

가을에 드리는 기도

봄, 그리고 여름이 지나, 가을에
나는 어떤 기도를 하는가?

아름다운 말
아름다운 행동

아름다운 표정
아름다운 모습

아름다운 손길
아름다운 마음길

아름다운 사람
아름다운 관계

아름다운 삶
아름다운 숨결

아름다운 발자취
아름다운 소망.

리트머스 시험지

인생의 역경 앞에 섰을 때
하늘이 나에게 리트머스 시험지를 주었다고 생각하며
그 시험지를 어떻게 해서든 잘 통과 해야만
다음 단계로 잘 나아갈 수 있다는 생각에
대학 입시 치루는 고3처럼 시험문제를 잘 풀기 위해
발버둥 치며 골몰했다.

그런데 그것은 서커스 단원이 곡예 넘듯 아슬아슬한 시험문제가 아니라
축복의 계기이자 선물이었다는 것을
점차 깨닫게 되며
얼굴에는 항상 이유 없이 은은한 미소가
알 듯 모를 듯 지어지게 되었다.

진한 감사

나는 내가 원하는 것을
쉽게 얻지 못하고
이래저래 고생했던 것을 감사한다.

힘든 과정을 통해
무엇이 소중한가를 알게 되었고
오히려 진정한 감사를 배웠다.

에필로그

산길에서 만난 마음길

옹달샘 바깥으로 걸어 나갔다.
하늘은 무게를 이기지 못한 듯
구름에 기대어
부슬부슬 비가 되고 있었다.

옹달샘 입구에서 승용차가 다가왔다.
빗물이 튈까 하고 옆으로 비켜섰다.
차가 멈추어 서는 듯했다.
뒤를 돌아보니 승용차 창문이 스르륵 내려오고 있었다.

'아, 나에게 옹달샘 가는 길을 물어보려고 하는구나.'
내 손가락은 이미 옹달샘 방향을 가리키고 있었다.
'나도 이쯤의 갈림길에서 옹달샘 가는 길이 궁금했었지.'
이정표 없는 산길을 찾아오며

비 내리는 차창 밖으로 얼굴을 빼꼼 내밀더니
"옹달샘 어디로 가나요?"를 묻는 것이 아니라
"옹달샘까지 태워 드릴까요?"를 묻고 있었다.
내가 예측한 질문과 달리

따스한 목소리는
굽이굽이 산길 너머 옹달샘까지 퍼져 나갔다.
무수하게 잘못된 예측으로 뒤덮여
산안개처럼 뿌연 내 마음길까지 환하게 비추며

옹달샘에 던져보는 작은 질문들

초판 1쇄 발행	2020년 11월 10일
2쇄 발행	2020년 11월 20일

글쓴이	박영신
그린이	정유진
발행인	조현수
펴낸곳	도서출판 프로방스
기획	조용재
마케팅	최관호 백소영
편집	권 표
디자인	호기심고양이

주소	경기도 고양시 일산동구 백석2동 1301-2
	넥스빌오피스텔 704호
전화	031-925-5366~7
팩스	031-925-5368
이메일	provence70@naver.com
등록번호	제2016-000126호
등록	2016년 06월 23일

정가 15,800원
ISBN 979-11-6480-084-1 03810

파본은 구입처나 본사에서 교환해드립니다.